LE BARON D'IMBERT

AUX AUTEURS

DE LA BIOGRAPHIE

DES HOMMES VIVANS

ET DU CENSEUR EUROPÉEN.

« Notre honneur est à nous, et tout attentat
« contre-cette propriété est un sacrilège. »

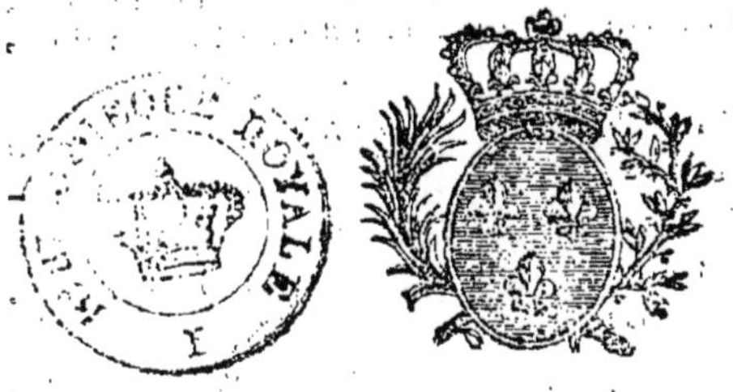

PARIS,

Chez l'Auteur, rue de Bourbon, n° 14; et chez
Delaunay et Dentu, au Palais-Royal.

1818.

OUVRAGES DE L'AUTEUR.

1º *Des avantages de l'établissement d'un nouveau comptoir européen au détroit de Malaca*, pour faciliter la navigation en Chine. Vol, in-8º. Londres, 1806.

2º *Précis historique sur les évènemens de Toulon en 1793.* Paris, 1814, seconde édition 1816, troisième édition revue et augmentée 1818.

3º *Quelques Mémoires judiciaires.* Paris, 1816.

5º *Aperçu préliminaire sur la nature des réclamations de l'Auteur contre le gouvernement anglais et M. Cooke.* Paris, 1817, avec cette épigraphe :

> Le président Lebret a dit, et Montesquieu a répété :
> « L'équité est un être moral bien réel ; elle n'est autre
> « chose qu'un sentiment de respect pour tout droit,
> « et par-là elle devient exclusivement propre à l'énon-
> « ciation et conservation des droits qui constatent la
> « propriété de chacun ; si la force agit en un sens
> « opposé aux vues de l'équité, elle devient tyrannie. »

6º *Pétition à la Chambre des Députés*, sur un acte arbitraire ministériel, suivie de considérations administratives et politiques intéressant l'état, la fortune et l'honneur de tous les militaires français. Vol. in-8º. Paris, 1818.

7º *Addition à la Pétition présentée à la Chambre des Députés.* Paris, 1818.

8º *Lettre de l'Auteur à M. le comte Beugnot.* Paris, 1818.

Ces ouvrages se trouvent chez l'Auteur, rue de Bourbon, nº 14 ; et chez Dentu et Delaunay, au Palais-Royal.

LE BARON D'IMBERT

AUX AUTEURS

DE LA BIOGRAHIE

DES HOMMES VIVANS

ET DU CENSEUR EUROPÉEN.

Il est des circonstances qui dépassent toute prévoyance humaine ; mais des cas si rares doivent être de nature à frapper tous les esprits par leur évidence et à ne laisser, dans l'opinion publique et dans le jugement des hommes de bien, aucun doute sur les faits.

Telle est la position extraordinaire où l'on m'a jeté.

Dans le froissement que j'éprouve, et dans la nécessité où l'on m'a mis d'entretenir le public de mes malheurs, tout fait controuvé devient grave à mon sujet, et les rédacteurs de la Biographie des hommes vivans et du Censeur européen apprécieront mieux que personne combien il m'importe de ne laisser aucune obscurité sur les faits qui me concernent.

Les uns ont bien voulu me donner une place parmi les hommes marquans de notre malheureuse et singulière époque; les autres ont cru devoir occuper leurs lecteurs de ma pétition à la chambre : tous, involontairement sans doute, ont erré sur des points trop majeurs, pour que je ne me hâte pas de les éclairer.

J'avais desiré l'insertion de mes observations dans le Moniteur, mais un refus dont le public pourra apprécier les motifs, m'oblige à prendre la seule voie qui me reste pour lui faire connaître des détails qu'il me serait trop préjudiciable de passer sous silence.

La Biographie, tome III, page 443, dit :

« Imbert (Xaxier Lebret, baron d'), an-
« cien capitaine de vaisseau et chevalier de
« Saint-Louis, né en Provence vers 1765,
« fit une campagne dans l'Inde avec d'En-

« trecásteaux, et commandait l'une des es-
« cadres de la Méditerranée , en 1792
« et 1793. Ce fut lui qui le premier osa éle-
« ver la voix pour opérer la révolution qui
« devait rendre Toulon à l'héritier de la cou-
« ronne de Louis XVI. Député par le comité
« général des sections auprès de l'amiral
« Hood, commandant la flotte anglaise dans
« la Méditerranée, pour traiter avec lui de
« son entrée à Toulon, le baron d'Imbert
« dirigea le débarquement des troupes an-
« glaises, et les introduisit dans le fort de
« la Malgue, où il proclama lui-même
« Louis XVII. Il prit la plus grande part au
« traité par lequel l'Angleterre s'engageait à
« garder les bâtimens français qui se trou-
« vaient dans le port *à titre de dépôt*, et à
« payer le traitement annuel des officiers
« toulonnais. La conduite du baron d'Imbert,
« dans ces circonstances, lui valut , de
« la part de Louis XVIII, un certificat qui
« lui fut adressé de Turin, en mai 1794, et
« dans lequel ce prince reconnaissait avec
« éloge sa constante fidélité au roi et à la mo-
« narchie. Lors de la prise de Toulon par les
« troupes conventionnelles, M. d'Imbert se

« réfugia en Angleterre, emmenant avec lui
« plus de cinq cents Toulonnais qu'il em-
« ploya dans la suite pour la cause du roi.
« Il fut lui-même chargé depuis par le
« gouvernement anglais d'un grand nombre
« de missions en Allemagne et dans l'inté-
« rieur de la France, *et il reçut pour cela*
« *des sommes considérables.* Mais ses ser-
« vices n'eurent pas toujours un résultat fa-
« vorable à sa tranquillité. En mai 1807,
« il fut arrêté, conduit à l'*Allien-Office* à
« Londres, et déporté sur les côtes du Holstein
« où il tomba entre les mains de Bonaparte,
« qui le fit conduire à Paris et renfermer à la
« Force. Le baron d'Imbert fut ensuite envoyé
« en surveillance à Dijon et à Marseille, où
« les évènemens de 1814 le rendirent à la li-
« berté. Il fit alors un voyage à Londres pour
« connaître la nature des inculpations qui
« avaient pu motiver sa déportation, et pour
« réclamer l'arriéré de la pension qui lui était
« dû, en vertu du traité de Toulon. Mais à
« peine arrivé en Angleterre, il reçut de lord
« Sydmouth l'ordre d'en sortir. Le baron
« d'Imbert appela de cet ordre au conseil
« privé, qui refusa de l'entendre par l'organe

« de son avocat, refus que suivit de près un
« second ordre de déportation auquel il fut
« obligé d'obéir. Il arriva à Boulogne le 19 jan-
« vier 1815, et, dans le mois d'avril suivant,
« il se rendit à Gand pour faire partie d'un
« corps d'émigrés dont on projetait l'organi-
« sation. Mais obligé de partir pour Ham-
« bourg, sur la notification d'un ordre du mi-
« nistre anglais, il eut recours au roi des Pays-
« Bas, qui lui accorda un asile dans ses états,
« d'où il revint à Paris à la suite du prince de
« Condé. Depuis cette époque le baron d'Im-
« bert n'a rien négligé pour obtenir la répa-
« ration des torts dont il se plaint contre plu-
« sieurs agens du gouvernement britannique,
« et de l'*Allien-Office*. Dans les journaux on
« avait dit que cette affaire devait être déférée
« au parlement, et que le baron d'Imbert
« serait défendu par le célèbre Brougham ;
« mais il paraît que les choses en sont encore
« au même point. En août 1817, il a publié
« une brochure relative à un procès qu'il avait
« perdu, en 1816, contre M. de la Haye, ex-
« conventionnel ; elle est intitulée : *Mémoire*
« *de Xavier Lebret, baron d'Imbert, ancien*
« *capitaine de vaisseau, etc., à ses juges,* suivi

« *de notices administratives, militaires et po-*
« *litiques, pour l'intelligence de la cause.* Vol.
« in-8°. Paris, 1817. 2° *Aperçu préliminaire*
« *sur la nature de mes réclamations contre le*
« *gouvernement anglais et M. Cooke.* Le ba-
« ron d'Imbert ayant appelé du jugement
« de première instance dans le procès dont il
« s'agit, l'a vu continuer par la cour royale,
« dont l'arrêt a été maintenu par la cour de
« cassation. Cette dernière brochure n'est
« que l'extrait d'un ouvrage que l'auteur a pu-
« blié à Paris en 1814, sous le titre de Précis
« historique sur les évènemens Toulon en
« 1793. In-8°. »   S. S.

Cet article contient l'énonciation inexacte
de deux faits principaux : les rédacteurs se
trompent lorsqu'ils disent que j'ai reçu de
l'Angleterre des sommes considérables pour
les expéditions dont le gouvernement britannique et S. A. R. Monsieur, m'ont chargé
à l'effet de hâter le rétablissement de la monarchie légitime.

Je n'ai jamais voulu accepter du gouvernement anglais, qu'il fût mis aucun fonds
à ma disposition, pour toutes les entrepri-
ses dont les premiers secrétaires-d'état du mi-

nistère Addington m'ont demandé les plans ; j'en ai toujours fait ou fait faire les avances sur ma responsabilité , comme il conste par mes bordereaux de dépenses acquittés par MM. Sulliven et King , adjoints sous-secrétaires-d'état au ministère de la guerre et de l'intérieur.

Je suivis la même marche, au moment où lord Melleville , président de l'amirauté , ayant repris la direction de mes opérations , me renouvela les ordres que je devais exécuter avec l'honorable M⁰ Hartur et sir Hom Popham , et ce fut cet amiral qui fit avec moi les premiers fonds de cette expédition , qu'il était si important d'exécuter pour le succès du plan général.

Lorsque, par suite, je fus commandé pour mettre en commission le général Dubuc, et le charger de prendre sur le continent la direction de l'ensemble des opérations qui exigeaient de grands déboursés , je voulus qu'un comptable anglais, membre du gouvernement (M. Cooke), restât seul dépositaire et surveillant de toutes les sommes , et qu'elles ne fussent délivrées que sur la signature de mes officiers ou la mienne. Ceux qui ont lu mon aperçu préliminaire *sur mes réclamations contre le gouvernement anglais et M. Cooke ;* ceux qui connaissent ma pétition à la chambre des députés publiée au mois de février dernier, auront vu que l'expédition du général Dubuc, de M. Rossolin, du chevalier de Laa, et des autres officiers qui devaient les joindre, n'a coûté que la somme de 4178 liv. sterlings (1); que, pendant neuf mois de séjour sur le continent, de correspondance et de rapports suivis avec moi, ils n'ont touché du comptable anglais que 600 livres sterlings faisant partie de cette somme ; tout lecteur impartial se sera donc convaincu que *j'ai fourni ou fait fournir sur ma responsabilité particulière tous les autres fonds*, et que la fatale catastrophe dont ces officiers ont été victimes n'aurait peut-être point eu lieu, si le crédit donné par le comptable anglais sur MM. Power et Thorton d'Hambourg eût été honoré.

______

(1) Le Moniteur du 2 juin 1805 se trompe en faisant payer à MM. Dubuc et Rossolin une somme de 700 liv. sterl. par la maison Thorton et Power d'Hambourg ; cette maison n'a jamais rien payé, la correspondance en fait foi.

Le second fait inexact, est celui qui a rapport au procès que j'ai intenté au sieur de la Haye. La Cour de cassation n'a point confirmé l'arrêt, elle n'a point prononcé sur le mérite des moyens de pourvoi ; cet acte n'ayant pas eu lieu dans le délai voulu par l'usage, elle a cru seulement ne devoir pas s'en occuper. Avec moins de rigueur dans l'observation des formes, la Cour aurait pu parvenir à la connaissance de la plus grave *erreur* qui puisse se présenter en justice, et dont la preuve authentique allait lui être offerte : une attestation de la direction du timbre établit invinciblement cette *erreur,* et prouve qu'aucune différence n'a existé entre les papiers de 1808 et ceux de 1814. Le Moniteur du 31 août 1816 a rendu compte du dispositif du jugement, et a publié une des lettres de M. de la Haye.

Il m'est douloureux de revenir sur un débat dans lequel la force des circonstances seules m'a pu entraîner ; mais la Biographie l'ayant rappelé, je n'ai dû laisser dans l'esprit du lecteur aucune incertitude à ce sujet.

Je relèverai également quelques inexactitudes dans les dates. Au moment de l'évacuation de Toulon , je me réfugiai en Italie , et je ne suis passé en Angleterre qu'à l'époque de la paix d'Amiens. Le 20 mars je suivis Sa Majesté en Belgique , et je pris les ordres de S. A. S. Monseigneur le prince de Condé , à Bruxelles le 25 du même mois. Quant à mes réclamations sur l'Angleterre, l'arbitrage français dont j'avais lieu d'espérer tant de succès n'ayant pas eu de suites ; forcé de soutenir un procès à Paris , et de m'adresser à la chambre des députés pour des intérêts plus pressans encore , j'ai suspendu mes démarches à Londres dans l'espoir fondé , qu'après avoir obtenu justice de la loyauté française , je n'aurais plus besoin d'en reprendre le cours au mois de novembre prochain près le parlement de la Grande-Bretagne.

Ce n'est pas , on le voit , le vain desir de fixer les regards du public sur moi qui me fait prendre aujourd'hui la plume , et les auteurs de la Biographie ne trouveront sûrement pas mauvais que je rectifie des erreurs qu'ils s'empresseront de réparer dans une seconde édition.

Le Censeur européen ne sera pas plus

étonné sans doute de me voir contredire quelques-unes de ses assertions.

Il avance, dans son tome neuvième qui vient de paraître, page 156 et suivantes, en parlant de ma pétition à la chambre des députés, des pièces qui y sont jointes, et particulièrement de l'exposé rapide de mes services militaires et politiques, ainsi que de mes réclamations contre le gouvernement anglais et M. Cooke : « Qu'au mois de mars « 1793, j'avais entièrement gagné la con- « fiance du gouvernement révolutionnaire, « puisqu'en ma qualité de commandant de « l'escadre de la Méditerranée, j'en avais « reçu une mission *fort importante pour Al-* « *ger.* » Si le Censeur avait lu avec plus d'at- tention ma pétition, il aurait vu, page 68 et autres, que bien loin d'avoir gagné la confiance des conventionnels au mois de mars 1793, ni servi leurs attentats, j'avais depuis long-temps été désarmé par ordre des commissaires représentans dans le Midi, par les clubistes et leurs adhérens, et que l'on instruisait mon procès.

Le Censeur ne s'est pas moins trompé lors- que, page 197, il m'a donné le titre de commandant de l'escadre de la Méditerranée. Il semblerait, selon lui, que depuis 1792 je me trouvais à la tête de l'armée navale : c'est une erreur. En 1792 je fus bien à la vérité nommé chef d'une des escadres de la Méditerranée; mais alors c'était M. le vice-amiral Truguet qui commandait la flotte, il avait sous ses ordres le contre - amiral Latouche, et l'illustre Trogoff qui lui succéda. Ce fut ce dernier qui, au moment, de l'insurrection royaliste de Toulon, me réintégra dans les fonctions dont les factieux m'avaient destitué.

Le Censeur n'est pas plus exact lorsqu'il fait entendre que je parus un homme précieux pour la cause de l'Angleterre, et qu'en conséquence ses agens me persuadèrent que ce serait une œuvre très - méritoire que de trahir les jacobins : trahir des jacobins ! Je ne trahis jamais personne (1), et le Censeur lui-

____

(1) *Le Précis historique* que je viens de publier tout récemment, mes autres ouvrages, répondent assez à l'assertion absurde et perfide de ma prétendue trahison envers le gouvernement révolutionnaire. Néanmoins, je dois déclarer encore ici que je n'ai point

même me rend autre part cette justice, puis-qu'il affirme avec raison *que mon zèle cons-tant pour la maison de Bourbon ne fut ja-mais équivoque*, et que les prisons , les me-naces, les séductions de Bonaparte *furent inu-tiles pour obtenir les éclaircissemens* qu'il at-tendait de la situation où m'avait jeté la per-fidie de quelques agens anglais, en me livrant lâchement à ses fureurs et à ses calculs.

Le Censeur ne conteste pas sans doute que le devoir de tout bon Français fut de se déclarer pour le roi, ni la nécessité de ré-

---

sollicité ni rempli la mission dont le ministre de ce gouvernement voulut me charger ; et comme ces ja-cobins, qu'on prétend que j'ai trahis, m'avaient eux-mêmes désarmé ; comme je n'ai jamais touché aucun traitement, aucun émolument pour cette mission ; comme enfin je n'ai prêté aucun *serment* à la répu-blique de la remplir, où prendra-t-on que j'aie pu trahir des gens ou un gouvernement que je ne servais pas ? Ici les dates font foi : j'ai été nommé commandant d'es-cadre en 1792 ; ce fut dans le mois de janvier 1793 que les représentans me destituèrent en disposant de mon escadre. On sait que je n'arrivai à Toulon que long-temps après. Comment donc peut-on vouloir m'entacher de trahison ? On ne trahit pas ceux dont on n'a point accepté les pouvoirs.

tablir le trône, dans la personne du souverain légitime ; or, je demande, comment y parvenir sans l'assistance des *alliés* du monarque ? Lorsque, le 19 août, je fis persister le comité général dans l'arrêté, pris par les sections, qui appelait les alliés à notre secours, les flottes espagnoles, *forces de famille*, croisaient à l'ouvert de la rade de Toulon ; elles étaient supérieures aux flottes anglaises ; et si les traités ont été signés avec l'amiral Hood, à bord du Victory, c'est que l'amiral don Langara s'était momentanément éloigné.

L'exemple des ministres et des généraux de Henri IV, qui sollicitèrent des secours de l'étranger, d'Élizabeth, suffirait pour notre justification, si l'amiral Trogoff et moi nous n'avions en tout suivi nos instructions.

Mais, encore une fois, où le Censeur a-t-il pris que les Anglais me regardaient comme un homme précieux pour la cause de l'Angleterre ? S'il m'avait lu avec quelqu'attention, il aurait vu que mes premières relations avec les agens britanniques ne datent que du jour où je suis arrivé, muni de pleins pouvoirs de l'escadre et de la ville de Toulon,

à bord du Victory. Moi , précieux aux intérêts d'une cour étrangère ! J'ai refusé ,
en 1794 , de passer au service de Suède et
à celui d'Espagne dans mon grade (B); et
certes , mes rapports avec l'Angleterre , que
je n'ai jamais pris qu'en vertu d'ordres supé-
rieurs , ma situation avec cette puissance ,
la conduite de certains ministres à mon égard,
prouvent assez si j'ai jamais fait marcher de
front mes intérêts privés , ceux de mon prince
et de ma patrie.

Persuadé que le Censeur , en rédigeant son
article , n'a nullement eu l'intention d'atta-
quer mes principes et encore moins de chercher à me nuire , mais au contraire , de
plaider la cause d'un homme frappé par le
malheur , je ne pense pas devoir m'étendre
davantage sur quelques réflexions légère-
ment avancées.

Je me bornerai donc à satisfaire à l'espèce
d'invitation qu'il me fait de publier le certificat de l'illustre *personnage* qui a bien voulu
attester d'une manière éclatante mes services
et mon zèle pour ma patrie et pour mon roi.
Un profond respect et un sentiment de con-
venance m'avaient déterminé à l'indiquer

seulement. Je le rapporte ici, en réitérant l'invitation que j'ai déjà faite à toute personne en place qui voudrait prendre connaissance des originaux des pièces jointes à ma pétition, de m'en informer, étant prêt à exhiber aussitôt sur sa demande celle qu'il desirerait vérifier.

LOUIS-STANISLAS-XAVIER

DE FRANCE, FILS DE FRANCE,

ONCLE DU ROI, RÉGENT DU ROYAUME.

CERTIFIONS que le Sr Baron d'IMBERT, etc.

est resté fidèle au Roi et à la Monarchie.

Nous, etc.

En foi de quoi nous lui avons fait expédier le présent *certificat*, signé de notre main, et auquel nous avons fait apposer le sceau de nos armes.

Donné à Turin, le 8 mai 1794.

Signé LOUIS-STANISLAS-XAVIER.

Il est pourtant une insinuation du Censeur que je dois encore combattre, parce qu'elle est une injustice envers le gouvernement anglais, et qu'elle compromet les royalistes dont la loyauté est et sera toujours la devise.

Certes, plus que qui que ce soit, j'ai à me plaindre des Anglais; il faut que l'on ait bien des torts à leur égard, pour que je les défende, et, je peux le dire, on ne m'accusera point de partialité, lorsque je prendrai leur parti; mais je n'ai pu entendre sans étonnement le Censeur divaguer sur je ne sais quelles conspirations, et qualifier ainsi les nobles tentatives du gouvernement britannique pour rétablir le trône de Henri IV.

J'ai signalé le machiavélisme de quelques agens de cette puissance, et mes mémoires qui s'impriment à Londres ne laisseront aucune obscurité à ce sujet; mais le système rétréci et perfide de quelques ministres n'a jamais été celui du ministère entier ni de la nation, et le but constant et suivi de la maison de Brunswik a été la restauration de la monarchie en France.

Comment des écrivains si distingués, et qui connaissent si bien la valeur des termes, des écrivains qui se sont plaints si amèrement de l'abus que l'on a fait des mots pour les rendre odieux au pouvoir, ont-ils pu appeler conspiration les efforts d'une nation généreuse pour nous rendre les Bourbons? Ils l'ont dit, je n'ose croire que ce soit ironiquement, parce que c'est la réalité, c'était *conspirer* pour le bonheur de la France, que de chercher à la ramener à ses princes légitimes.

Si à toute force on veut appeler conspirateurs ceux qui, ainsi que Pichegru, moi-même et tant d'autres, ont dirigé de grandes opérations dans l'intérêt du repos de l'Europe, et pour finir notre révolution, il faut avouer du moins que les royalistes employés dans ces difficiles et périlleuses missions, n'ont eu d'autre dessein que de rendre la couronne au fils de Saint-Louis; et si c'était *conspirer*, tous les gens de bien qui les secondaient de leurs efforts et de leurs vœux, et qui formaient la majorité des Français, étaient donc aussi des conspirateurs.

Les sentimens des royalistes étaient trop bien connus des ministres anglais, pour que ces derniers osassent leur proposer rien de contraire à la fidélité et au vrai patriotisme , et certainement il y a vingt années, comme aujourd'hui , on n'aurait pas pu persuader à un homme de bon sens , que ceux qui ont tout sacrifié pour le Roi et la légitimité , fussent capables d'écouter des suggestions étrangères, de détruire leur propre ouvrage, et de livrer aux ennemis le plus cher objet de leurs affections.

Les royalistes peuvent se tromper, cela tient à la faiblesse humaine ; mais dans leurs erreurs même on ne pourra jamais les convaincre de bassesse ou de perfidie.

Il faut y réfléchir plus d'une fois pour accuser un homme de TRAHISON ou de *conspiration* ; il faut bien connaître les délateurs ; et en supposant même que la haine, la jalousie, l'opinion ne les dirigent pas , il faut ne pas perdre de vue qu'ainsi que tous les hommes , ces délateurs peuvent aussi se tromper.

Quand cessera-t elle donc, cette guerre impie de l'intrigue et de l'imposture contre la fidélité , cette guerre des déchirantes divisions de l'esprit de parti ? Mais espérons : la sagesse du monarque qui marche sur les traces de son illustre aïeul étouffera jusqu'au dernier germe de discorde : quand on accusa Sully devant Henri IV, il suffit à ce grand Roi de se rappeler ses services, et de l'entendre pour lui rendre toute son estime.

Il ne me reste plus qu'à témoigner au Censeur mes regrets, qu'il ait gardé le silence sur le principal objet de ma pétition. Il intéresse tous les militaires français, dont l'état, s'il ne repose sur la garantie des lois, serait livré à la merci du caprice et de l'injustice ministériels.

Si le Censeur avait rendu compte de mes demandes à la chambre, ses lecteurs auraient vu que j'ai été privé, par un acte arbitraire du ministre de la marine, sans motif, sans énonciation, sans jugement (A), de mon grade, de ma retraite, et même de mes arriérés qui s'étaient accumulés pendant mon séjour à Gand.

On se serait convaincu que nous n'avons point avancé, il faut le dire avec douleur, dans l'amélioration de la condition des hommes que le seul titre d'accusés devrait entourer de tant d'égards , de tant de formes protectrices; et l'on aurait vu que , loin de là , nous avons créé un système d'oppression, inconnu même aux ministres de la révolution : l'avilissement graduel et calculé des malheureux qui sont livrés aux actes du despotisme des agens du pouvoir.

Accuser un homme injustement, le jeter dans les fers, le condamner sans preuves , assassiner au nom du pouvoir ou de la loi violée, c'est le propre de toutes les tyrannies.

Mais on n'en a point vu se complaire à couvrir d'opprobres leurs victimes. Les bourreaux de la Convention égorgeaient, le Corse égorgeait aussi. Les infortunés sur qui tombaient les coups de la fureur des démagogues ou du tyran, conservaient du moins leur considération personnelle, ils étaient offerts en holocauste à la liberté ou à l'usurpation, mais on leur laissait en les tuant la gloire d'avoir servi les princes légitimes et combattu pour la raison.

On ne prenait point à tâche de les indiquer au mépris public , en les plongeant dans une indigence qui entraîne après elle toutes les humiliations, et qui aurait ôté à Malesherbes même son attitude historique, si on l'avait laissé vivre au milieu de la détresse : on les privait de la vie, mais on faisait tomber leur tête sans entacher leur honneur.

Pichegru et tant d'autres ne furent pas avilis par la misère, et le peuple qui ne connaît point d'héroïsme là où il ne voit que des besoins, n'eut pas à confondre les *fidèles* avec le rebut de la société qui ne monte à l'échafaud que poussé par la faim qui l'obsède.

L'homme d'honneur supporte les supplices, la mort, il n'y a que l'infamie qu'il ne sache pas braver.

Par quel raffinement aujourd'hui la persécution du ministère de la marine n'est-elle plus qu'une longue suite de coups portés dans l'ombre et d'actes qui déversent l'opprobre sur les individus frappés.

Qui ne préférerait une mort prompte et glorieuse à une vie traînée dans les dégoûts ?

Et quels moyens le ministre de la marine a-t-il jusqu'à ce jour employés contre moi avec plus de succès ? quel est le supplice qu'il me fait éprouver ; et pour lequel il montre le plus de prédilection ? celui que dans les jours les plus cruels même de notre révolution il répugna aux hommes de 93 même de mettre en pratique, la suppression des premières ressources alimentaires. Les victimes de la terreur reçurent jusqu'au dernier moment le décompte de leur traitement. Et moi, je ne peux obtenir *une provision sur les avances que j'ai faites pour le rétablissement de la monarchie légitime*, et même sur l'arriéré de ma *retraite* ; car la chambre ayant renvoyé mes réclamations au ministre, une révision est au moins commandée ; or, jusqu'au jour où ma condamnation sera prononcée par le conseil de guerre que je sollicite, mon traitement est une dette sacrée dont l'état doit s'acquitter.

Qu'on me pardonne d'être entré dans ces détails personnels, qu'on me pardonne aussi la vivacité de mes expressions, mon style ne peut plus se ressentir que de l'amertume de mon ame ; mais, comme l'a dit un magistrat dans les fonctions du ministère public, « On « peut exiger de ceux qui sont heureux des « interprétations indulgentes, elles leur coû-

« tent peu et ne sont pour eux que des ha-
« bitudes de bonheur ; mais un rien fait om-
« brage aux malheureux, et il est moins blâ-
« mable de s'en offenser, qu'on ne l'est en lui
« fournissant ce motif. » (*Moniteur du* 10 *sep-
tembre* 1818. Conclusions de M. de Mar-
changi.)

(Note *A.*)

Par les ordonnances de la marine et les lois militaires,
on ne peut enlever à un officier ses appointemens, son
grade et encore moins sa retraite, sans décision légale,
sans jugement d'un conseil de guerre ou d'une cour
martiale. Le traitement de retraite, chez un marin, est
le produit des services qu'il a rendus, des versemens
qu'il a faits à la caisse des Invalides, et de la retenue
sur ses appointemens. Quand j'ai demandé à M. le
comte Molé à être jugé, et à recevoir préalablement
une provision sur mon arriéré; si, au lieu de se faire
présenter un rapport par les mêmes *bureaucrates* qui
avaient trompé ses prédécesseurs; si, au lieu de s'en
tenir à des extraits tronqués et infidèles, et aux allé-
gations hasardées ou mensongères de quelques syco-
phantes mus par l'esprit de parti ou par un vil intérêt;
il se fût fait apporter les cartons qu'un ministre ne
doit jamais négliger d'ouvrir lui-même, il aurait vu
que j'étais employé à bord du bâtiment qui fit amener
le pavillon du premier vaisseau de guerre anglais dans
la Méditerranée (le Mont-Réal, 1778); il aurait vu que
j'étais pareillement employé dans l'armée combinée qui
s'empara en 1780 du fameux convoi anglais destiné pour
l'Inde; il aurait vu que sur ces parts de prises majeures

et sur celles qui me sont revenues depuis, *j'ai versé dans la caisse des Invalides le capital suffisant pour assurer mon existence dans mes vieux jours.* Il aurait vu enfin que pendant toute la guerre d'Amérique, ma longue navigation dans l'Inde, en Chine, et dans la mer du Sud, pendant tout le règne de Louis XVI et même de Louis XVII, j'ai fourni à cette même caisse la retenue faite sur mes appointemens, dont la masse est également un capital DÉPOSÉ entre les mains du gouvernement pour SERVIR A MA RETRAITE. C'est en considérant la légitimité de la créance de tout marin sur l'Etat, que M. le duc Decrès obtint de Bonaparte pour les officiers de l'ancienne marine, émigrés et rentrés en France, la pension qui leur fut accordée. Comment M. le comte Molé, qui a continuellement servi le gouvernement de Bonaparte avec M. Decrès, même pendant les cent jours, a-t-il pu s'écarter autant de la ligne tracée par son prédécesseur et par la justice? Comment d'après cet exemple et nos lois, a-t-il pu persister à vouloir me dépouiller de ma retraite sans jugement, confisquer au profit de l'Etat les capitaux qui la constituent, et violer ainsi la propriété et les premières dispositions de la Charte, en s'autorisant de l'apparente volonté du Roi? De quel œil la chambre verra-t-elle un ministre mépriser ses intentions et en supposer une au monarque qui n'a jamais pu entrer dans son cœur, le sanctuaire de l'équité, et mettre en oubli nos principes fondamentaux.

La chambre ayant renvoyé, le 2 mai, mes réclamations au ministre de la marine, j'attends encore qu'il lui plaise de remplir les intentions des députés; et comme j'ai renouvelé auprès de Sa Majesté la demande D'UN CONSEIL DE GUERRE, j'espère obtenir enfin de la justice de mon souverain, ce que M. le comte Molé s'est obstiné, contre toutes les ordonnances, à me dénier jusqu'à ce jour.

Dira-t-il qu'il existe des accusations contre moi? pourquoi se refuser à me les faire connaître ? Suis-je coupable de quelque délit ? pourquoi ne m'a-t-il pas mis en jugement ?

Mais où est la loi qui lui permet de retenir le salaire de mes travaux, le capital que j'ai déposé entre les mains du gouvernement, capital qui est, par la perte de tous mes biens et des riches substitutions dont la révolution m'a privé, ma seule ressource alimentaire, et le gage de mes créanciers ?

Des accusations vagues avoir accès chez des ministres ! Des accusations politiques contre moi ! Si quelqu'un pouvait donner croyance à de telles absurdités, devrait-ce être M. le comte Molé, qui m'a surveillé si long-temps dans les fers par ordre de l'usurpateur?

(Pièce *B.*)

Au moment de l'évacuation de Toulon, un officier de l'état-major de l'escadre espagnole m'apporta de la part de don Langara la lettre suivante :

« Navio conceptione, en la rade de
« Tolona, 18 diciembre 1793.

« Je vous préviens, M. le commandant, que j'ai fait
« donner l'ordre au commandant el navio St. Juaquin,
« de vous recevoir à son bord, de même que tout le
« monde de votre suite, et de vous transporter immé-
« diatement à tel port que vous lui commanderez.

« J'ai l'honneur de vous assurer de mon sincère atta-
« chement, et de l'estime que vous m'avez toujours
« méritée. »

       « *Signé* J. DE LANGARA. »

« El commandante générale de la squadra
« À M. le commandant Baron d'Imbert. »

ORDRE.

« Por dispositione de el excellentissimo senor com-
« mandante générale de la squadra, se embarca de
« transporte en el naviro ST. JUAQUIN. M. le comman-
« dant d'Imbert, etc.

       « *Signé* ALAVA. »

Le passe-port que le gouvernement espagnol me fit remettre peu de temps après par le consul de S. M. C. à Livourne, porte ces mots : « QUE PASSA A SERVIR A S. M.

« *Signé* SILVA. »

Et le chef des commissaires plénipotentiaires des hautes puissances, lord Hood, termine l'attestation qu'il m'a délivrée par ces mots :

« Je certifie, de plus, que son zèle et sa loyauté, dans
« la cause commune, sont si recommandables, qu'il
« mérite toute protection du gouvernement britan-
« nique, *ainsi que de l'illustre famille du prince dont*
« *il a embrassé les intérêts avec tant d'ardeur et de*
« *péril.*

« Donné de ma main et scellé de mes armes, à bord
« du vaisseau de Sa Majesté le '*Victory*, en rade de
« Toulon, le 12 décembre 1793. »

« *Signé* HOOD. »

IMPRIMERIE DE MADAME JEUNEHOMME-CRÉMIÈRE,
RUE HAUTEFEUILLE, N° 20.

9 782019 273675